Quinceañera

CELEBRANDO LOS QUINCE

Quinceañera

CELEBRANDO LOS QUINCE

ELIZABETH KING

TRADUCCIÓN DE DOLORES M. KOCH

Dutton Children's Books · New York

AGRADECIMIENTOS

A Eduardo, Margarita, Christina, Cindy y Jason Chávez; Alfonso, Angela, Suzana y
Gustavo Prieto; a todos los familiares y amigos de las quinceañeras; a las elegantes damas
y sus chambelanes; Ana Serrato (World Wide Web: http://clnet.ucr.edu/research/folklore/
quinceaneras); Elva García; Luis Torres Photography; Navarro Fotografía y Video; Vicki
Villaseñor y los empleados de El Pueblo Bakery & Panadería; Irma Villanueva; Sylvia
Hernández; Luz Guerrero; Rosa Deras, de Cupido's Bridal; Fiesta Mexicana (Mariachi);
Kevin Feeney de la San Fernando Mission; Magdalena Esquivel; Barbara Kuras;
Ethel Nolet; Sheridan Wolfe; Adela Vargas; Martha King;
Dale Taylor y Claire Ettema; y Kathleen Minor.

Gracias muy especiales al padre Paul Hruby, quien me recomendó
a estas encantadoras familias, y contribuyó generosamente con su tiempo y su fe.

Y toda mi apreciación a Susan Van Metre,
de Dutton Children's Books, editora y amiga.

CRM 15.99 BWI

Cindy Melissa Chávez
y
Suzana Prieto

El sueño

———— ◆ ————

CINDY MELISSA CHÁVEZ ESTÁ posando pacientemente para el fotógrafo. Esta es una foto que tanto ella como su familia atesorarán para siempre. Hoy es la quinceañera de Cindy—la celebración de sus quince años. Pero, a diferencia de todos los cumpleaños anteriores, éste se lo van a celebrar todos los que la conocen con una ceremonia en la iglesia y una gran fiesta. Ni su familia ni sus amigos consideran a Cindy como una niña; ya es una mujercita.

En las distintas tradiciones de los pueblos, los niños reciben atenciones especiales cuando alcanzan un cumpleaños particular—la edad en que se les reconoce como la nueva promoción de adultos en su comunidad. Las ceremonias y los rituales que marcan estas fiestas se llaman ritos de iniciación.

Las quinceañeras realizan una función importante para la sociedad, porque refuerzan los lazos entre una jovencita y su comunidad. Como en una boda, ésta es una ocasión en la que se hacen promesas. Una jovencita promete aceptar su posición de adulta y la comunidad le promete entonces acogida y apoyo. En la religión judía, muchas muchachas tienen una ceremonia o bas mitzvah cuando cumplen trece años. Tienen que leer una sección de la Tora, documento sagrado que contiene los cinco libros de Moisés y el código moral judaico. El *nai'es* es un rito apache de iniciación para las jovencitas que han llegado a la pubertad—la comunidad las lleva "bailando" a aceptar su estado adulto. Y en algunas partes de los Estados Unidos las jovencitas tienen bailes de debutantes para marcar su presentación en sociedad.

Con la quinceañera, muchas familias latinas reconocen que una jovencita es ya adulta. La palabra "quinceañera" se usa tanto para la celebración como para la jovencita que la celebra. También se conoce por "quince años" o "los quince". Tradicionalmente, una jovencita latina no podía bailar, salir con amigos o ponerse maquillaje antes de tener su quinceañera. Los tiempos han cambiado y las jovencitas de hoy saben que ser adultas significa mucho más, pero para muchas es todavía un día muy importante—un día con el que han soñado desde la infancia.

Aunque no fue originalmente una tradición católica, la Iglesia ve la quinceañera como una ocasión propicia para educar—una oportunidad para hablar con la jovencita sobre la fe y la importancia que ésta tiene en su vida adulta.

En preparación para el gran día, Cindy y sus padres van primero a visitar al padre Paul Hruby en su parroquia. A través de los años, el padre Paul ha sido el guía espiritual de Cindy. El es el sacerdote católico que dirigió a Christina, la hermana mayor de Cindy, en su quinceañera. El padre Paul oficiará en la misa especial de Cindy para dar gracias por haber alcanzado los quince, y para reafirmar su fe y dedicación a Dios. El padre Paul, Cindy y sus padres, Eduardo y Margarita Chávez, discuten la fecha y el lugar de la misa. La quinceañera no tiene que ser el mismo día, pero sí cerca del cumpleaños de Cindy.

Deciden que la misa será en la histórica Misión de San Fernando Rey de España, más conocida por San Fernando Mission en Mission Hill, California. Fundada por el padre Fermín Lasuén en 1797, la misión fue una de las veintiuna misiones que se construyeron a lo largo de la costa de California, lo que se llamó El Camino Real.

Las misiones estaban aproximadamente a un día de camino entre una y otra. Las comenzó el padre Junípero Serra, a nombre del rey Carlos III de España en 1769. California fue primero territorio español y después mexicano antes de ser parte de los Estados Unidos.

Las misiones ayudaron a fortalecer el poder de España. Eran centros de comercio y de los esfuerzos por convertir a los indígenas americanos al catolicismo. Muchos de los pueblos y ciudades importantes de California se formaron alrededor de las misiones. San Fernando Mission, con su rica historia, parece ser un buen lugar para una ceremonia relacionada con la comunidad.

El padre Paul y los Chávez también discuten los pasajes bíblicos que van a leer durante la ceremonia. El padre Paul le dice a Cindy que ella tiene que participar en las clases de confirmación primero, aunque su confirmación será una ceremonia aparte. Estas clases incluyen servicios a la comunidad. Sus amigas y ella prepararán comidas en el comedor para los necesitados que tiene la iglesia, demostrando la responsabilidad que asumirán, como adultas, en el bienestar de la comunidad.

Todas las amistades de Cindy querrán reconocer su importante cambio de estado. Y hay muchas cosas que Cindy, su familia, sus amigos y la comunidad tienen que hacer con miras al gran día. La quinceañera puede resultar costosa. Algunos padres hacen los planes y pagan por todo, pero muchos otros reciben regalos o servicios de los padrinos de su hija. Cindy tiene muchos padrinos.

Uno de los gastos mayores es el vestido. Cindy y su mamá fueron a ver a la modista, Luz Guerrero. Está muy ocupada cosiendo el vestido de Cindy en el taller de su casa. Hace muchos vestidos y otras piezas de ropa para quinceañeras y para bodas. La mamá de Cindy decidió que Luz hiciera este vestido especial de Cindy porque había visto otras muestras de su trabajo en otras celebraciones. Luz está haciendo también los vestidos de las damas de Cindy.

Los chambelanes de Cindy van a alquilar sus trajes de etiqueta. Los chambelanes se llaman a veces "caballeros".

El vestido de Cindy va a ser de satín, organza, encaje y mostacilla, y de color rosado. La familia de Cindy es oriunda de El Salvador, en la América Central. En ese país, la quinceañera se llama "mi fiesta rosa". Los salvadoreños piensan que sólo las novias deben ir de blanco. Pero las latinas de ascendencia mexicana suelen vestir de blanco en sus quinceañeras. Además, la tradición de las quinceañeras es más fuerte en México porque allí se originó—se cree que era una costumbre azteca. Distintas culturas latinas celebran la quinceañera de modo diferente.

Por ejemplo, muchas jovencitas de familias cubanas la celebran generalmente con sólo un baile, sin misa especial, ¡pero qué baile! Los vestidos son muy lujosos y las muchachas se presentan en producciones muy coreografiadas y ensayadas, a veces haciendo una entrada dramática dentro de una concha gigante. Y hay grupos latinos que no celebran la quinceañera.

No muy lejos de Cindy, en el mismo valle de California, Suzana Prieto se prepara también para su quinceañera. Su familia es oriunda de México. Le están tomando las medidas para un lindo vestido blanco. En los escaparates de la tienda hay otros artículos para quinceañeras. Uno de ellos es la corona, hecha de brillantes de fantasía, perlas o flores.

Suzana ha estado esperando este día por años. Cuando ella era pequeña, en su cumpleaños siempre le decía a su mamá: "Mamá, yo quiero tener mi quinceañera—¡yo quiero mi quinceañera!". Y entonces contaba los años que le faltaban para cumplir los quince. Cuando llegó el día, sus padres le dieron a escoger entre tener una quinceañera, dar un viaje o recibir un coche de regalo. Suzi escogió la quinceañera.

—Está en mi cultura y es lo que yo he heredado. Nada más que la oigo mencionar . . . para mí es muy importante—dice Suzi.

En varios años, Suzi ha ido a muchas quinceañeras, ya bien sea como invitada o como participante. Pero Suzi es la primera chica de ambos lados de su familia en tener una quinceañera. En México, sólo los pudientes podían costearse una quinceañera, y algunas veces la jovencita prefería no festejarla.

Otro elemento tradicional importante de la quinceañera es el pastel. La pareja de padrinos de Cindy Chávez han ordenado un pastel especial a El Pueblo Bakery & Panadería.

Dentro de la panadería y dulcería, hay un olor delicioso a pan mexicano caliente de diversas clases y formas. En la cocina, los panaderos hacen y decoran pasteles para todas las ocasiones. Héctor, que ha sido panadero durante catorce años, está confeccionando un elaborado pastel de bodas. La propietaria, Vicki Villaseñor, le puso una guirnalda de perlas en uno de los pisos del pastel. Todos los pasteles se hacen para comerlos el mismo día. En la mañana del sábado, que es el día de la quinceañera de Cindy, Héctor y los otros pasteleros estarán ocupados como siempre confeccionando estos pasteles de ensueño, pero esta vez ¡con flores rosadas!

Ya quedan muy pocas semanas para la quinceañera de Suzi Prieto y han señalado noches especiales para los ensayos de baile. Las luces del patio están encendidas y el patio de Suzi es ahora un salón de baile. Alfonso, su padre, le ha pedido a su prima Irma Villanueva que le enseñe a las damas y chambelanes de Suzi a bailar el vals y otros bailes coreografiados para la fiesta, después de la misa. Todos se divierten, aunque les cuesta trabajo bailar el vals. Todavía les queda tiempo para hablar con los buenos amigos.

Es costumbre que la quinceañera vaya acompañada a la ceremonia por un grupo de jóvenes al que se le llama la corte de honor. Este grupo de damas y chambelanes, junto con la quinceañera, está conformado por quince parejas; cada una representa un año en la vida de la quinceañera. Pero muchas familias ajustan la tradición a sus gustos o circunstancias, haciendo de la celebración algo único. Por ejemplo, algunas quinceañeras tienen sólo damas; otras, sólo chambelanes. Otras tienen una corte de honor completa. Suzi va a tener una corte completa. Cindy Chávez también va a tener una, pero más pequeña.

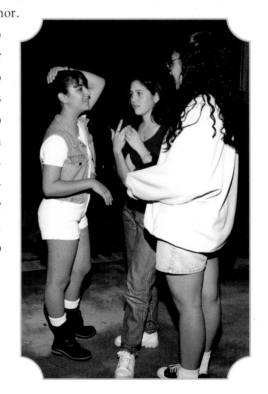

Tanto Suzi como Cindy le han pedido a sus familiares y amigos que formen parte de su corte. Las quinceañeras generalmente le piden a sus mejores amigas que sean sus damas. Las muchachas sugieren muchachos para que sean los chambelanes. Tradicionalmente en México, las damas y los chambelanes deben ser más jóvenes que la quinceañera, pero Suzi y Cindy tendrán muchos amigos de su misma edad. De todos modos, hay que pedir permiso a todos los padres para incluir a los amigos en las

festividades. Hacer este tipo de arreglos forma parte de ser adulta, pero los padres de la quinceañera usualmente la ayudan en esta gran tarea.

Lo más difícil es tomar el teléfono y llamar a alguien para que sea su pareja, o chambelán de honor. De pronto, las jovencitas sufren de un serio ataque de timidez. Esta persona especial suele ser un compañero de colegio, un amigo de la familia, o un familiar. Cindy escoge a Rurik Madrid, un amigo; Suzi le pide a Jessie Prieto, su primo, que sea su pareja.

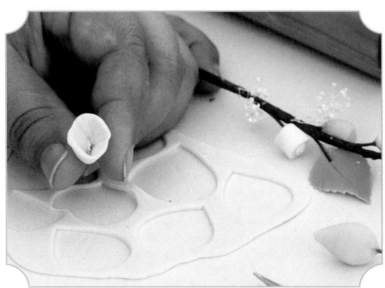

Un sábado antes de su fiesta, Cindy visita a Sylvia Hernández, una amiga de su mamá. Margarita le ha pedido a Sylvia que haga los recuerdos especiales para cada uno de los invitados. Sylvia hace lindas flores de pastillaje, habilidad que aprendió en su país natal, México. Forma pétalos de rosa con la masa coloreada, y luego hace docenas de rositas. La masa se mantiene flexible, aun después de secarse, y dura mucho.

Sylvia no sólo hace los recuerdos para Cindy, sino también el ramo y la corona. Los dos son rosados, desde luego, como el vestido. Cindy se prueba la corona con su ropa normal y queda ya transformada en reina. Detrás se ve una flor de izote, la flor nacional de El Salvador.

LA QUINCEAÑERA

ES SÁBADO POR LA MAÑANA en el apartamento de los Chávez. El sol entra por la ventana. En la luz temprana, su tía Isabel maquilla a Cindy con cuidado. Hace mucho rato que la familia está despierta finalizando los preparativos de última hora y en anticipación del día. No importa lo que el futuro le traiga a Cindy, pero nunca olvidará su quinceañera. La hermana de Cindy, Christina, vino desde UCLA, su universidad, para estar con su familia en este día tan importante.

Luz ha hecho una gran labor. ¡El vestido de Cindy es una preciosidad! Encima de una mesita hay otros de los tesoros de Cindy para su día: los zapatos, el libro, el rosario.

Margarita ayuda a Cindy con el último toque, los pendientes. Al fin Cindy se mira en el espejo. De pie en su propio cuarto, rodeada de sus cosas, animalitos de peluche, juguetes y fotos de su infancia, Cindy se queda mirando a la mujer en que se ha convertido.

Un rato antes, su padre le dio unas rosas en honor a la ocasión. Ella piensa en ellas y se acuerda de la letra de una popular canción de quinceañera:

. . . para convertirte desde hoy en una linda mujercita, donde el botón del capullo florece . . .

"Quinceañera"
—ROBERTO BELESTER
(AMÉRICA MUSICAL)

Jason, el hermano de Cindy, está esperando pacientemente en el microbús de la familia para ir a la iglesia. El está a cargo del cojín donde Cindy se arrodillará en el altar. Después, ella pondrá este cojín hecho a mano en su cama, como recordatorio de su quinceañera. A veces es difícil ser el hermano y tener que esperar tanto.

La familia llega a la gran Mission San Fernando Rey de España. La misión está hecha de adobe, o sea, de paja y lodo, y decorada con bellos diseños de España y América. La misión ha resistido siglos de uso y de abandono, inclusive los terremotos de 1971 y de 1994. La iglesia se derrumbó en el terremoto de 1971, pero fue reconstruida con especificaciones auténticas. Una estatua de San Fernando, o San Ferdinando, enviada por el rey español Carlos III, todavía está en lo alto del altar.

Mientras espera a que empiece la celebración, Cindy observa cuántos pavos reales hay en los terrenos de la misión. Aun con sus plumas de preciosos colores, los pavos reales no pueden competir hoy con las galas de Cindy.

Ya es hora para la misa en honor a Cindy. Ella abre la pesada puerta de madera de la misión y el ritual de siglos comienza. Un mariachi toca mientras Cindy y su corte de honor entran en la iglesia. Los padrinos de Cindy los contrataron para que tocaran como regalo a la quinceañera.

Después de que los elegantes chambelanes acompañan a las lindas damas hasta el interior de la iglesia, Cindy camina despacio por la nave central con sus orgullosos padres. El padre Paul la espera sonriente en el altar.

La música cesa y, en el silencio, el padre Paul comienza a hablar—en español. Saluda a Cindy y a los feligreses. Entonces, las dos mejores amigas de Cindy, Marisela Reyes y Crystal Barragán, leen pasajes de la Biblia, especialmente escogidos para esta ocasión.

El padre Paul lee el sermón y explica los pasajes bíblicos. Se refieren a la llamada de Dios y el papel de María como modelo de fe. En la pared de la vieja iglesia hay un cuadro de Nuestra Señora de Guadalupe, una versión de tez morena de la Virgen María. Muchos creen que se le apareció a un hombre llamado Juan Diego en las afueras de México en 1531. La imagen de la Virgen quedó impresa en la tilma de Juan Diego, y cuando se la enseñó al señor obispo, cayeron de ella rosas frescas. Nuestra Señora de Guadalupe es una figura importante en la fe de muchos católicos latinos; también es la patrona de México.

El padre Paul le pide a Cindy que mantenga su fe en Dios, como hizo María cuando de jovencita la llamó Dios para ser la madre de Jesús.

Luego los padrinos de Cindy, Salvador y Ana Arévalo, le presentan los regalos simbólicos de quinceañera. Como padrino y madrina han estado con ella en su bautizo, primera comunión y ahora en su quinceañera. El padre Paul primero bendice los regalos. El libro representa las palabras que guiarán a Cindy durante su vida. El rosario simboliza los misterios de la salvación, y la sortija representa el amor de Dios, el cual, como en un círculo, no tiene principio ni fin.

Cindy escucha las palabras del padre Paul y no puede contener las lágrimas. Ahora sabe por qué se siente hoy tan diferente. Es demasiado—ver que sus familiares y amigos se han reunido sólo por ella, para darle gracias a Dios porque ella se ha hecho mujer.

El padre Paul le pasa el micrófono a Cindy de manera que puedan oírla cuando ella diga su plegaria de dedicación a Dios. Ella se la aprendió de memoria para esta ocasión.

La misa continúa con la Fiesta de la Sagrada Eucaristía, o comunión. El padre Paul comienza bendiciendo las hostias y el vino, que representan el cuerpo y la sangre de Cristo. Cindy comulga y después su corte, y el resto de la congregación, están invitados a participar en la fiesta sagrada de la comunión.

Finalmente, la madrina de Cindy le da un ramo de flores naturales. Lo coloca a los pies de la imagen de la Virgen María y reza una plegaria en silencio.

Los mariachis comienzan a tocar, indicando que la misa ha terminado. Ahora, con el ramillete hecho de masa todavía en la mano, Cindy recibe el abrazo de sus padres. ¡Están tan orgullosos! Ella abandona la iglesia con Rurik Madrid, su chambelán de honor, y el resto de su corte. Están listos para la fiesta, pero primero tienen que posar para unas cuantas fotografías más en el jardín de la misión.

Por su belleza e importancia histórica, San Fernando Mission es un lugar popular para las ceremonias de quinceañeras. Suzi Prieto también va a tener allí la suya. Pero los ancestros mexicanos de Suzi y su estilo personal hacen que la ceremonia sea diferente de la de Cindy.

Suzi lleva un lindo vestido blanco tradicional, y tiene un cojín en forma de corazón que le hace juego, hecho por su mamá, Angela. Cuando Suzi habla para reafirmar su dedicación a la fe, es evidente que tiene experiencia de hablar en público. Trabaja medio día de recepcionista en su iglesia, así que sabe cómo hablar en público y ayudarles a resolver sus problemas.

El padre Paul comenta el papel activo de Suzi en su comunidad y cuánto la aprecian todos. Suzi piensa seguir trabajando con el público en el futuro. Quiere ser pediatra.

En un momento emotivo de la ceremonia, el papá de Suzi le pone la corona en la cabeza a su hija. Es maravilloso ser reina por un día.

Fuera de la iglesia, hay sonrisas por todas partes. El sobrinito de Suzi luce muy elegante en su traje de etiqueta minúsculo.

La fiesta

❧

Los amigos y familiares de Cindy han pasado horas decorando el salón del club de mujeres de la localidad para celebrar la fiesta. Hay globos, cintas y ositos de felpa del mismo color del vestido de cada una de las damas. A un lado está el pastel en una mesa especial. Tiene siete pisos y una fuente de verdad con agua corriente. Figurillas que representan la corte de honor suben por una escalera y, en la cima, hay una muñeca que representa a Cindy.

Cindy y su mamá reparten los recuerdos a todos los invitados. Cada uno lleva una cinta que dice: "Recuerdo de mis XV, 28 de octubre de 1995. Cindy M. Chávez". Los invitados guardarán estos recuerdos en sus vitrinas de porcelana fina, junto con los recuerdos de otras ocasiones importantes.

Las damas y los chambelanes hablan y se ríen. Algunos son amigos de hace muchos años. Con sus elaborados vestidos y lindos peinados, las jovencitas lucen elegantes, pero todavía pueden hacer niñerías.

La cena se sirve estilo buffet. Eduardo y Margarita escogieron para el menú fajitas de carne y de pollo con cebollas, chiles y tomates, envueltas en tortillas suaves, y un cóctel de camarones con salsa de tomate, chiles, cilantro, cebolla y limón.

Mientras los invitados están comiendo, el *disk jockey* toca toda clase de música. Hay para todos los gustos: salsa, merengue, cumbia, romántico, vieja guardia, *techno* y *deep house*.

Terminada la cena, los invitados cantan "Las mañanitas", una serenata mexicana que también es una canción de cumpleaños. El padre de Cindy habla a los invitados y hace un brindis para Cindy y su futura felicidad. Todos levantan sus copas especiales para la ocasión, llenas de sidra. Entonces todos beben en honor a Cindy, la quinceañera.

La corte de honor va detrás de bambalinas para un ensayo de último minuto. El vals comienza, y Cindy y su papá se pasean alrededor del salón saludando a los invitados con la mano. Es la única pareja que baila entonces. Comienza un nuevo vals, y Cindy se vuelve para bailar con Rurik, su caballero. Entonces el resto de la corte de honor se les une en un vals. Tanto ensayo ha valido la pena, y las parejas se deslizan por el salón sin esfuerzo. Las luces se reflejan en el movimiento elegante de sus brazos y los remolinos de color de sus vestidos. Fuera del ruedo, dos niñitas contemplan la escena de cuento de hadas y sueñan con sus propias quinceañeras.

En la fiesta de Suzi Prieto, una jovencita firma el álbum de los invitados. Junto a éste, hay una muñeca y un retrato de Suzi de cuando era pequeña. La muñeca representa el último juguete, y Suzi se la dará a alguna niña en la fiesta.

Una amiga de los padres de Suzi ha preparado un plato muy especial que se hace para las celebraciones en México y ahora también en los Estados Unidos. Se llama birria. Se hace con un chivito entero, acabado de matar, macerado con su propia salsa, tomates, chiles y especias. Luego se deja al baño maría en el horno durante toda la noche. Si se prepara correctamente, es delicioso.

Un mariachi toca mientras Suzi tira la muñeca al aire para que la tome una de sus amiguitas muy jóvenes. Y ya es hora de que Suzi baile con su padre, pero primero él se arrodilla a sus pies y le cambia los zapatos de niña, de charol, por los de una damita joven, con tacos altos.

Su madre y los otros invitados se ríen compartiendo, mientras su padre logra su propósito con dificultades. Es la primera vez que Suzi lleva tacos. Tradicionalmente, este acto marcaba la entrada de la jovencita a la sociedad. Le estaba entonces permitido que la cortejasen pretendientes apropiados.

Las dos fiestas duran
hasta altas horas mientras
los familiares y amigos de
Cindy Chávez y Suzana Prieto
celebran. Cada una ha entrado en una
nueva fase de su juventud. Estas son las
palabras que el señor Eduardo Chávez dedica a su hija Cindy:

¡Qué fascinador es tener una hija como tú!, y en este día tan inolvidable, en el que dejas de ser una niña para convertirte en mujer, déjame expresarte cuán orgullosos nos sentimos de ti. Que la vida siempre te sonría, que tus sueños se hagan realidad y que tus ilusiones estén siempre llenas de esa blanca e inocente candidez que te caracteriza . . . Muchas felicidades, hija. Tu papi, tu mami, tu hermana y tu hermano.

LOS ORÍGENES

———◆———

¿Cuándo se celebraron las primeras quinceañeras? No se sabe con seguridad, pero llegar a la pubertad significó un cambio de estado social para las jovencitas en la América Central antes de la llegada de Colón. El *Codex Mendoza*, documento histórico de las costumbres aztecas, describe cómo era la educación de una niña. Aprendía de su madre, a moler el maíz en el metate, a hilar el algodón y hacer tejidos a mano en el telar. Al cumplir cierta edad, la jovencita debía ir a una de las dos clases de escuelas.

Las hijas de los dignatarios iban a unos centros de educación llamados *calmecac* donde sacerdotisas las preparaban para la vida religiosa o matrimonial. El *calmecac* era un lugar austero. Las jovencitas debían vivir en castidad, tomar parte en los ritos religiosos, bordar materiales muy finos y hacer varias ofertas de incienso a los dioses todas las noches. Mientras que las hijas de otras clases sociales iban generalmente a una escuela menos formal, llamada *telpochcalli*. La instrucción estaba a cargo de mujeres llamadas *ichpochtlatoque*, "amas de las niñas", las que generalmente dejaban la escuela para casarse.

Así que para los aztecas, los quince marcaban la edad en que una jovencita abandonaba la protección del hogar y de la escuela para asumir su vida adulta de sacerdotisa o madre. El rito de iniciación se modificó después de la llegada de los españoles y de la Iglesia Católica a la América Central. Cuando Maximiliano de Austria y su esposa, Carlota, se convirtieron en emperador y emperatriz de México en el siglo XIX, trajeron consigo un estilo lujoso de celebraciones. Los valses, trajes lujosos de baile y fiestas bailables fueron parte de la vida social de la corte. Consolidando distintos tiempos y culturas, las grandes tradiciones de Europa y de las Américas se combinaron para formar la manera en que las jovencitas de hoy celebran su quinceañera.